C. B.

596 | Chambre des Commissaires-Priseurs
Envoi à la Bibliothèque Nationale.

1893 - Avril - 28

COLLECTION C. B.

Dessins

ET

LITHOGRAPHIES

ORIGINALES

PAR

Adolphe WILLETTE

Me J. PLAÇAIS
Commissaire-Priseur
5, RUE HIPPOLYTE-LEBAS, 5

M. ED. KLEINMANN
Expert, Marchand de Dessins
8, RUE DE LA VICTOIRE, 8

PARIS 1893

IMPRIMERIE CHARLES BLOT

PARIS — 7, RUE BLEUE, 7 — PARIS

COLLECTION C. B.

DESSINS ET LITHOGRAPHIES

ORIGINALES

PAR

Adolphe WILLETTE

PARIS 1893

CONDITIONS DE LA VENTE

✛✛✛

Elle se fera au comptant.

Les acquéreurs paieront en sus des adjudications cinq centimes par franc applicables aux frais.

M. Ed. Kleinmann se chargera des commissions des personnes qui ne pourraient assister à la vente.

COLLECTION C. B.

CATALOGUE

DE

DESSINS ET LITHOGRAPHIES

ORIGINALES

PAR

Adolphe WILLETTE

VENTE A L'HOTEL DROUOT

SALLE Nº 10

Le Vendredi 28 Avril 1893, à 3 heures précises

<table>
<tr><td>Mᵉ J. PLAÇAIS</td><td>M. Eᴅ. KLEINMANN</td></tr>
<tr><td>Commissaire-Priseur</td><td>Expert, Marchand de Dessins</td></tr>
<tr><td>5, RUE HIPPOLYTE-LEBAS, 5</td><td>8, RUE DE LA VICTOIRE, 8</td></tr>
</table>

EXPOSITION PUBLIQUE

LE JEUDI 27 AVRIL, DE 2 A 6 HEURES

Des Dessins de WILLETTE

OICI des dessins de Willette qui s'éparpillent, comme une jolie volée d'oiseaux vifs et chanteurs.

Ils chantent leur chanson si variée et si imprévue, de gaîté, de grâce, de sifflante moquerie, et, parfois aussi, de mélancolie.

Pauvre Pierrot ! pauvres Pierrots !... Voilà déjà dix ans, peut-être un peu plus que cet artiste et que ces dessins font notre joie. Ils ont chanté nos amours, nos illusions et nos désillusions, nos chimères chéries. Souvent aussi, ils ont éloquemment traduit nos colères et devancé nos impatiences.

Par les temps tragiques ou bouffons, aux jours d'ennui comme aux jours de fête, ils ont toujours conservé, avec leur originalité nerveuse, ces deux qualités de France : une grâce inimitable et une intrépide gaîté.

Quels qu'aient pu être les talents qui se sont depuis

manifestés dans la presse et dans l'imagerie, c'est encore à notre Willette qu'il faut le plus fréquemment revenir; c'est avec lui qu'il fait « le plus bon » rire et deviser des sottises ou des gentillesses de ce temps; c'est lui qui fait encore jaillir de sa cervelle, de son esprit au tour si inattendu et conservant une si grande finesse et un si grand bon sens jusque dans la pirouette folle, les meilleures trouvailles.

Bonheur refusé à tant de peintres, il a inventé une façon de voir et d'exprimer qui dispense chacun de ses dessins d'une signature. Il a trouvé un type de femme, un type de bonne humeur, un type de tristesse, un type de vengeance.

L'attendrissement moqueur et boudeur avec lequel il a fléchi le genou devant l'ensorcelante méchanceté de la femme, l'entrain dont il a rossé Monsieur le commissaire, cet officiel gêneur, la haine dont il a cinglé les égoïstes, les hypocrites et les sots, c'est toute l'histoire de Willette, et c'est un notable chapitre de notre propre histoire.

Aussi, songez qu'en vous disputant ces dessins d'un travail si délicat, ces croquis d'un jet si hardi et si naturel, ces lithographies non moins délicieuses d'invention que de métier, vous hébergerez chez vous, collectionneurs, amateurs d'art et penseurs, des pièces véritablement précieuses, et qui feront grande figure devant nos descendants.

Et si, ce que je ne veux croire, vous êtes simplement des calculateurs, remarquez qu'une pareille occasion ne s'était présentée, et ne se représentera, peut-être, de longtemps, de recueillir d'importants feuillets d'une œuvre, dont le moindre griffonnis sera coté aussi haut, plus tard, que ceux des frères aînés de Willette, les charmants petits maîtres du siècle dernier.

... Cependant qu'ils se dispersent, ces feuillets mignons, au grand regret, je crois, de l'amateur avisé qui les avait patiemment amassés, accorde, bon Pierrot, ta mandoline, et prélude pour nous faire entendre longtemps encore ton espiègle et ta capricieuse chanson.

Arsène Alexandre.

DESSINS

1 — « *Ah! tu me fais concurrence !* »

2 — *Le choléra du planteur.*

3 — « *Je suis la Sainte Démocratie, j'attends mes
amants !* » (Idée première.)

4 — « *Chiche ! que j'enlève ma chemise. . .* »

5 — *O femme, le jour où tu seras enfin notre
égale... bon Dieu, quelle volée !*

6 — *Au Sacré-Cœur :* — « *Quel dommage que ce
soient des hommes...* »

7 — « *Le matin j'fais... le chien... et le soir c'est
la femme qui m'fait...* »

8 — *Revenir de Pontoise pour trouver cette ac-
tualité.*

9 — *Le professeur Machoire : —* « *C'est assez bien cuisiné... Y a de la pâte... même trop gras... mettez du jus... ne vous attachez pas au fond... c'est peut-être un peu froid, réchauffez, réchauffez, mademoiselle, et ce sera d'un excellent ragoût.* »

10 — *Narcisse.* (Dessin colorié.)

11 — *Chronique.*

12 — « *Les misérables ! ils tuent mes centenaires.* »

13 — *Chronique.*

14 — *L'ordre règne à Varsovie.*

15 — *Chronique.*

16 — *Chronique.*

17 — *Chronique.*

18 — *Chronique.*

19 — *Chronique.*

20 — *Incohérence.*

21 — *Chronique.*

22 — *Le général Oudinot : — « J'avais raison de
vouloir faire passer par les armes votre
grand Français. »*

23 — *Le savetier et le financier.*

24 — *« Mademoiselle, écoutez-moi donc,
« J'viens vous offrir mon dernier-né.
« — Non, mossieu, je ne vous écoute pas,
« J'ai déjà Maxime Ducamp. »*

25 — *Pierrot : — « Qu'ont-elles fait ? »
Le commissaire : — « L'amour. »*

26 — *Puisque la politique n'est pas notre affaire :
Pourquoi nous a-t-on coupé le cou ?
Pourquoi nous a-t-on massacrées ?*

27 — *« Bravo !.. ça pousse... t'auras la médaille. »*

28 — *Jules Roques, pour son bal, demande quel
sera le costume de 1993 ? — « Celui du
paradis, morbleu ! car on l'aura enfin re-
trouvé. »*

29 — *Chronique.*

30 — *Jules Ferry : — « Allons, place à la Vertu !
corrompue ! »
Marianne : — « La Vertu ! c'est comme ton
nez, j'l'ai quéque part. »*

31 — *Un instantané de la Mi-Carême : — « Nous resterons quand même dans la tradition française. »* (Prophétie réalisée de Paul Arène.)

32 — *« Ah! le vieux sale qui me poursuit jusqu'au cabinet... »* (Le révérend Bérenger au bal des Quat'-Z'arts.)

33 — *La Parisienne : — « Pierrot blanc, Pierrot noir, je vous fais chevaliers du clair de lune. Allez, boycottez et amusez-moi. »*

34 — *Cambronne.*

35 — *Le triomphe du veau d'or.*

36 — *Vive l'Empereur !*

37 — *En Chautemps la belle digue digue...*

38 — *Corruption Louis XV: — « Tiens, la France, ramasse ma pantoufle ! »*

39 — *Corruption limousine : — « Tiens, la petite France, ramasse cent sous ! »*

40 — *« Monte là-haut, Pierrot ! « — Pourquoi faire là-haut? »*

41 — *Ah ! Pierrot ! tu es du dernier chèque.*

42 — *Pour les explorateurs.*
    Gloria Victis.

43 — *« Pour ma bienvenue, fusillez-moi ça, mon
    officier ! »* (Inédit.)

44 — *Christophe Colomb captif.* (Inédit.)

45 — *« Tu déshonores mon boulevard ! »*

46 — *Le coucher de la Rose.*

47 — *L'Irlande : — « J'aurais voulu offrir une
    pomme de terre à la Reine... mais je ne
    trouve que du plomb. God save the Queen. »*

48 — *« Et patati, et patata ! Tiens, v'là de la colle
    pour toute la famille ! »*

49 — *« Jules, voyez terrasse ! »*

50 — *De mon temps, au lycée.*

51 — *Les chansons de Jules Jouy.*

52 — *Projet d'éventail.*

LITHOGRAPHIES

59 — Couverture pour l'*Art du Rire*, d'Arsène
Alexandre.

60 — *La lithographie et les enfants assistés.*

61 — Couverture du *Catalogue de la Société des
lithographes français.*

✦

ÉPREUVES SUR CHINE

62 — *V'là le commerce qui reprend.*

63 — « *Ça t'épate, vieux croquant! Eh bien, moi
aussi j'suis d'la province.* »

64 — *Le prix de beauté c'est moi.*

65 — *Le chevalier Printemps nous prépare un
chef-d'œuvre.*

66 — *C'est rien gênant la jeunesse quand on est
forcé de travailler.*

67 — *Mi-Carême.*

68 — *Du vin et du sang, la p'tite mère Gallia
en a encore assez pour abreuver le monde
entier.*

69 — *Enfin v'là le choléra !*

70 — *Cedant arma togæ.* (Duel Floquet-Boulanger.)

71 — *Ces hommes mariés !... à nous, à nous les
après-midi !*

72 — *Chincholleries.*

73 — *Quand même.*

74   *« Trop cher, ₄ sous ce p'tit verre de vin blanc!
Pour lorss, y a les Wallaces. »*

75 — *« Ah ! Banville ! Thémis qui traite Pierrot
de pornographe. »*

76 — *C'est un conte blanc, — c'est un conte noir.*

77 — *Madeleine : — « L'Enfer, mais j'y suis, j'y
reste. »*

78 — *« Allons, trotte-toi, vieux grigou, on t'a assez
vu. »*

79 — *L'assomption.*

80 — *Giboulées.*

81 — *Chronique*

82 — *Chronique.*

83 — *Chronique.*

84 — Collection complète du *Pierrot.*

85 — *L'Empereur et la Sentinelle.* (Dessin.)

86 — *Affiche,* lithographie originale. (État.)

87 — *La Sainte Démocratie.*
      Épreuve sur chine.

88 — « *C'est peut-être à cause de ton air un peu
rosse qu'on n'ose pas te détacher.* » (Dessin.)

89 — *Au rideau,* couverture inédite. (Dessin.)

90 — *Le Courrier français, de l'origine 1884, jusqu'au n° 16 avril 1892.* (Ensemble 8 années
avec les suppléments en feuilles, manque le
supplément du n° 51, 2me année.)
    Collection rarissime.

91 — *Panurge, journal parisien illustré, de l'origine octobre 1882 à avril 1883.* (Collection
complète. 29 numéros en feuilles.)
    Collection rare de ce journal illustré par Ad. Wil-
lette, Gill, etc.

92 — *Panurge.* Dessin à la plume par H. Pille et Luigi Loir pour le titre illustré de ce journal.

93 — *Dessin original de Willette illustrant le présent catalogue.*

94 — Épreuve sur Chine du *dessin de Willette illustrant le présent catalogue.*

95 — *Historique du 22me de ligne.* (Couverture-dessin.)

www.ingramcontent.com/pod-product-compliance
Lightning Source LLC
LaVergne TN
LVHW011006180726
843502LV00007B/2367